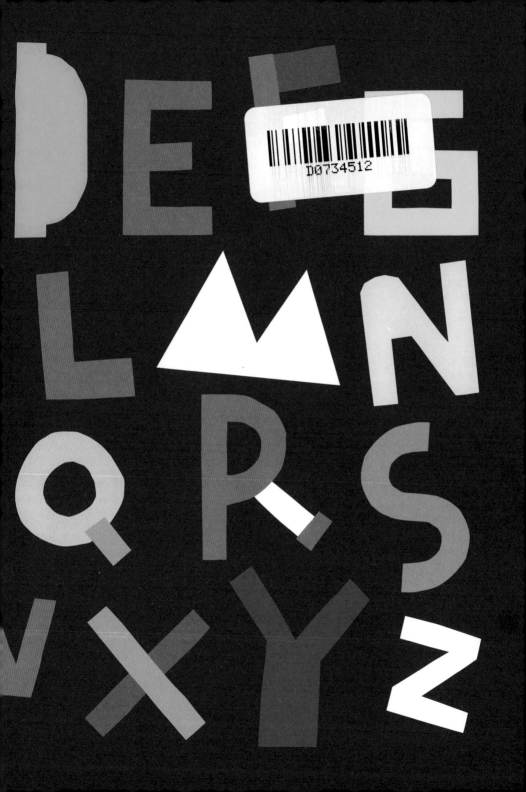

© EDITORIAL JUVENTUD, S. A., 2017
Provença, 101 - 08029 Barcelona
info@editorialjuventud.es
www.editorialjuventud.es

Primera edición, 2017

ISBN: 978-84-261-4444-7

DL B 13912-2017
Núm. de edición de E. J.: 13.478
Printed in Spain
Arts Gràfiques Grinver (Barcelona)

ABECEDARIO ESCONDIDO

Imapla

Editorial EJ Juventud
Provença, 101 – 08029 Barcelona

LOS ASTRONAUTAS

VAN A LA LUNA EN UNA **A**.

LA LIEBRE ABRE SU PARAGÜAS BAJO LA **B**.

LOS REYES MAGOS Y LA C SIGUEN LA ESTRELLA.

EL PATITO CHAPOTEA EN LA **D**.

ELENA SE PONE UNA FLOR EN LA **E**.

LORITA, LA PIRATA, SUBE POR LA **F**.

DE LA CASA AZUL A LA ROJA SE VA POR LA **G**.

HUGO, EL EQUILIBRISTA,

DA TUMBOS POR LA **H**.

LA LUNA LLENA PONE EL PUNTO SOBRE LA I.

UN MOSCARDÓN JUEGA CON LA **J**.

CUANDO EL GALLO ABRE LA **K** SALE EL SOL.

UN PEZ SALUDA A LA **L**.

EL YETI JUEGA AL ESCONDITE EN LA **M**.

HAY UNA JOROBA EN LA **N**.

VIENE UNA NUBE CON LA **Ñ**.

EL HOMBRE BALA SALE DISPARADO DE LA .

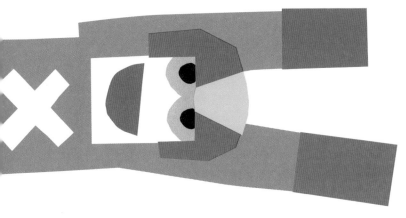

UN PINGÜINO SALE DE LA **P**.

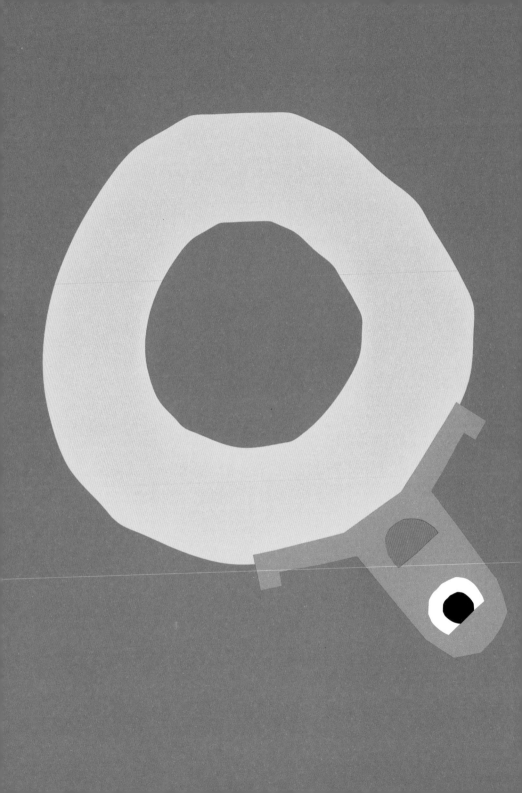

UN EXTRATERRESTRE VIVE EN LA **Q**.

RITA ESPÍA EL CIELO DESDE LA **R**.

UNA AMBULANCIA VA AL HOSPITAL POR LA **S**.

EL SOL ESTÁ EN LO ALTO DE LA **T**.

EL PAYASO SONRÍE CON LA **U**.

LA AVISPA ESCUCHA POR LA **V**.

EL VAMPIRO MUERDE CON LA **W**.

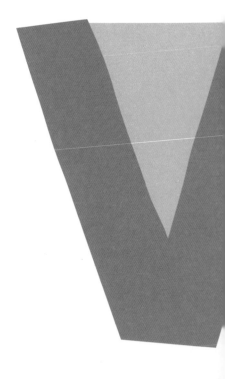

HAY COCOS EN LA **X**.

UN BÚHO ESTÁ ESCONDIDO EN LA **Y**.

ESTE ABECEDARIO SE VA A DORMIR CON LA **Z**.

BUENAS NOCHES...